그 말 이후

그 말 이후

아침시선 01 / 김화정 시집

작은숲

새벽부터 비가 내린다

그치지 않고

주전자의 물이 끓는다

다관 속 마른 찻잎이 풀리는 동안

잔을 데운다

그 말 이후

오지 않을 너를 기다리며

차를 따른다

2022년 여름

김화정

제2부_ 내 안의 하피첩

제3부_ 봄, 나무에 기대어

제4부_ 회복기

제 1 부 /

바람꽃에 얹혀 울다 /

말차 실루엣

장대비 그친 무등산 안개꽃 한창이다
운림제 처마 밑에 산새들 불러오면
찻잔에 고인 마음이 초록빛 물소리다

막사발 덤벙사발에 새겨진 그림 대신
먹장구름 걷힌 새인봉을 앉혀본다
가을이 독경을 하듯 가만가만 묻는 안부

햇살에 널어 말린 투명한 그 봉우리
비스듬히 기운 하루 그마저 풀어내면
굽은 생 한 채 떠간다 내 안의 길을 찾아

보름달

터질 듯 채운 꿈이
어둠을 밀어낸다

홀린 듯 눈부신 이 밤
목련꽃 지고 있는

내 가슴
달빛 한 말에
두 말 가웃 설움이요

거리두기

혼자 노는 고깃배

목줄 잡고

울렁인다

모랫벌 페스티로폼

땡볕에

눈물 흘린다

물 드는 노둣길 위를

저린 발로 가는 노을

물안개

아무도 모르게
손 내민 너를 안고

새소리로 오르고
물소리로 내려온다

눈 뜨는
봇재 차밭을
눈물 젖어 가는 달

차밭의 왈츠

그림자 차밭에 묶고
새처럼 바람을 탄다

한 소절 녹빛 햇살
붓질하는 입맞춤

사월의
소맷자락에
접신한 듯 퍼진다

접사接寫

보일 듯 아련하다
고향집 뒤란에선

돌담을 치고 가는 풀꽃의 성장통

날 밝혀 눈 뜬 골무꽃 손에 맺힌 핏자국

저 홀로 이는 바람
서쪽에서 돌아올 때

생애를 길 더듬어 꿰매가는 바늘귀

보랏빛 손가락 들어 고깔 끈을 끊는다

백차

햇볕을 쓸어가는
칼바람 지날 때면
서랍 열어 한 시름 화롯불에 올린다
빛바랜
속을 드러내
긴 밤 함께 나누는

홀로인 나를 깨우며
마음 풀린 조각 찻잎
첫사랑 노랫말이 소소히 눕는다
금이 간
찻잔이라서
나보다도 슬픈 너

은은함을 벗어나지 않고
굴레도 입지 않는다
제자리 비행 날개 접고 잦아든 숨소리

백자의

문을 두드려

감로수로 맺힌다

버들의 기도

봄바람
곁눈질에
버들가지 수런댄다

꾀꼬리
간 곳 몰라
울다 멈춘 빈 들에

허방을
지우려는지
빗금을 치는 싸락눈

들꽃과 나

누군들
숨겨놓은
그리움이 없을까

꽃마리
지고 나면
산자고 피어나는

더 많이
보고 싶었어
흔들리는
너보다

시그널

녹아내린 잇몸에게
사느라
빚을 졌다

피멍울 무시하다
불화살
맞았다

여태껏
눈감아주다
야밤에 기습했다

바람꽃에 얹혀 울다

쪽빛 하늘 받들고
가을 산 무동 타고

바람을 삼키며 소릿길을 펼친다

숨은 별
눈 깜빡이는 너 있는 비탈 쪽으로

보푸라기 순간들
배돌다 흩어지다

몇 겹의 등성이를 무두질하는 아니리

누군가
빗장이 풀려 노을강에 빠져 운다

차 마시는 여자

찾잔 속 너의 진심
동그라미로
구르다가

후루룩 다가오는
세모 네모에
갇힌다

겉도는
입술 바람은
언 가슴
녹이는 중

키싱구라미가 보이는 카페

연분홍 숨결이 헤엄치며 다가온다
커피잔 입에 대며 눈 감아 외면하는데
마주친 너의 입술이 물방울처럼 떠오른다

입안에 굴려보는 어눌한 문장 하나
수컷들의 힘겨루기 잡지 못한 뜬소문
보일 뿐 들리지 않아 너를 놓친 자리에서

유리벽 넘어와 주고받은 눈엣말
향내 난 글맛인 듯한 쓴 커피 홀짝인다
짓눌린 입술 안쪽에 혓바늘이 까칠하다

*키싱구라미 : 키스하는 열대 관상어

침향을 태우며

흔들린 하루가 그늘에 기대선다
끊어진 길 위에서 긴 모자를 벗자
감춰둔 뿔이 돋아나 흰 불꽃 피운다

그을리는 마음줄
포근하고 그윽한데
다잡아 돌아서는
향불이 몸 낮춘다
떨어진 말들이 쌓여
똬리를 틀고 있다

가버린 오늘이면 내일은 또 기다림
뿔 아닌 별이라면 꿈꾸며 다가갈 텐데
홀연히 사위는 불빛 연기 속에 잠든다

건기의 시간

복수초 숨은 풀숲

어딘가
불꽃 핀다

거센 목마름으로

진을 치는
불의 장막

흰 연기
멈추지 않는다

억측에 숨 막힌다

허물벗기

허물 벗는 저 뱀, 울음이 없나 보다
빛깔이 변해가는
소리만 들릴 뿐

통점을
따라 내려와 투명해진 그물 옷

나도 어느 사이 허물을 벗고 있다
속속들이 파고들어
긴 자락 끌어와도

끝내는
지우고 덮고 퍼덕이다 남은 흔적

제2부 / 내 안의 하피첩 /

흐르는 말

참았던 말 쌓이면
강가로 나간다

하고픈 말들이
조약돌에 앉는다

노을도
할 말 다 했나
강물 저리 붉으니

4중 추돌

비상등에 급제동 한숨을 돌리자마자

앞뒤로 벼락 맞고
떨어지는 나의 발

굶주린 하이에나 떼 무리 지어 몰려온다

가시 박힌 도로 위 끌려가는 너의 모습

등 돌려 가려는데
발부리에 부딪히는

또 다른 나를 보내며, 마음 깊이 미안해

요양원의 하루

머릿속 깜깜해져 가슴에 담은 노래
요양원 창가에 누워 리듬을 타고 있다
어제 온 옆자리 친구는 잠자다 하늘로 갔다

노랫말 헤아리며 한숨에 실어본다
병원에 들어온 날 눈감아 고개 돌린
아이들 눈빛 그리며 병실 돌기 나선다

겨울 섬을 읽다

시간이 비껴간 섬
화석으로 갇혀 있다

쏟아지는 별빛은
그리움에 눌렸을까

세상은 멈추지 않아
술 취한 바다의 말

양말을 벗기자
서늘한 하얀 맨발

울며 떠난 꿈속에서
옷 한 벌 못 입히고

바다는 한 발 앞선다
붉은 덧신 노을 입고

5월이 오면

버스 끊긴 오월 숲길 어서 가자 너를 업고
어디를 들러 가랴 노을집 기다리는데
청보리 십리 물결이 울며불며 따라온다

초승달 여린 빛이 강물을 건너갈 때
꽃잠 드는 별 하나 어깨 위에 사윈다
따뜻한 내 등줄기에 찬 이슬이 내린다

돌 속에 묻은 이름 불러내 잠든 나날
어느덧 팔십 고개 너는 여태 열아홉 살
이팝꽃 흩어지는 날 손 흔들어 보낸다

내 안의 하피첩

햇차가 그리운 날 여유당에 들어선다
뜰의 매화 피지 않은 골 패인 마루 끝
햇살이 불을 지피며 자리를 권한다

뒤껻에 참솔나무 그의 서책 펼치는데
입을 연 활자들 새떼처럼 날아간다
끝없이 잡으려 해도 닿을 수 없는 그곳

노을 진 내 치마에 핏빛 시를 쓰리라
발부리 촛불 들고 더듬어간 나의 초당
흙벽에 닿은 촉수로 실금 긋는 매화가지

어머니와 백일홍

큰딸이 보낸 꽃씨가
돌담길 활짝 피어

가스는 잠그고
치매약 먹었냐며

핸드폰 잘 받으시고
다녀오세요 말한다

꽃인 듯 내 딸인 듯
잘 키운 꽃대처럼

유모차 잡고
허리 꼿꼿이 세워요

노인정 잘 댕겨오마
딸 보듯이 꽃 보듯이

회오리 바다

뱃머리 밀려오는 울돌목 진도대교

가파른 물살에
다가오는 12척 배

판옥선 울어대는 바람
들려오는 함성들

물 들면
꺾는소리
굴려내어
놓치는 소리

보름사리 목울대
시김새로 들썩인다

몸 부린 물때에 맞춰 기함 한 척 흘러간다

벚꽃, 대원사 길

그 길에
꽃눈이 떠
새순 돋는 발걸음

꽃 같은 말씀
줄지어 쓰고
나는 읽으며
오고 가는

별똥별
따라간 눈길
겨우내 엮은 순례기

풍암정에 앉아

소나무 큰 휘파람

의병길을 돌아오고

두껍 바위 얹힌 구름

피 묻은 이름 불러본다

마음에

길을 내는 물

단풍잎 배

누가 띄웠나

*풍암정 : 의병장 김덕령이 억울하게 죽자 그의 동생 김덕보가 무등산
  원효계곡에 지어 학문을 하며 은거한 정자

봄날에

꽃잎에 그려본다
내 얼굴 너의 얼굴

너에게 주었던 것
네게서 받은 것들

하나씩
버리다 보면
봄날이 편안할까

동백꽃 피어날 때
열정과 몸부림을

목련꽃 떨어질 땐
남은 눈물 흘리련다

피고 진

소중한 것들

나를 키운 말씀들

여름 강가에서

뙤약볕 머리에 이고 긴 강둑 가 닿은 곳
문 차고 나간 것들 귀가 못한 소식들이
며칠째 강 언저리에 맴돌고 있었다

고모의 자퇴서와 아버지의 깡 소주병
폭염에도 돋아나는 꽈리 같은 그게 뭔지
물어도 대답 없는데 반짝일 뿐 알 수 없다

땡볕의 뭇매질로 부풀어 오른 흰 구름
목마른 자갈밭에 내 유년을 묻는다
떠나간 말들이 모여 소나기로 툭 터진다

푸른 종

눈물이 부서지며 쇳소리를 내고 있다

청춘의 기름을 태운 내 마음의 바닥에

뜨겁게 혈관이 뛰는 숨겨둔 화덕 있다

수상한 짐승들 한 코드로 울고 간다

낡은 구호 헹구며 하늘에 닿는 소리

해와 달 소리를 물어 팽팽해진 종루 안

사춘기

햇살 쫓던 날다람쥐 돌탑에 들어간다

사방이 어둠이다

두려움이 고요하다

다락에
올라간 아이 훌쩍이다 잠들던

잃어버린 국어책

학교 가기 싫었다

시험 날 지각했다 회초리로 맞았다

걷다가
멈춘 풍경에 돌을 놓고 눈을 뜬다

제라늄 할매

셋집에 살아도
집엔 늘 꽃 피어야제
거름 주고
물 주며 하던
기도가 다 꽃이제
제라늄 형제자매들
맞장구치며 웃는다

꽃타령 집타령에
꿈 같이 장만한 집
이삿날
우리 집 가자
새집 가자 조르며
품 안에 제라늄 화분
아기처럼 꼭 안는다

제3부 / 봄, 나무에 기대어 /

봄 나무에 기대어

그대 보낸 길에서 몇 날을 서성였나
상처 난 잎사귀들 흩어놓은 그 자리에
얼음의 감옥을 지나 벼랑 끝에 다가선다

봄 불티 불어온 날 열꽃 들뜬 눈이 되어
불에 타 헐린 속내 풀씨 다시 돋는데
바닥난 술병 속으로 흔들리는 현기증

찬비에 얼굴 씻고 돌담이 흐느껴 운다
유채꽃 잠을 깨어 눈 번쩍 뜨는 날
기진한 가지에 물든 이 미친, 기다림

갓밝이

어머니는 소반 위에 쌀과 미역 올리고
명 길고 권 타라고 손 모아 빌었다
장종지 들기름 심지에 가는 불꽃 일어섰다

탱탱한 밤의 고요 탯줄처럼 꿈틀대면
어미와 그 어미의 어미들 피와 땀이
동트는 하늘가에서 울먹이며 번졌다

달과 별이 내준 길 파닥이며 사위는데
강보에 잠든 아기 바라보는 아련한 얼굴
눈 녹듯 어둠이 가고 믿음처럼 뻗친 햇살

경계에서

배꽃 핀 나무가 산역 마친 일꾼 같다
하늘 닿는 길 사이로 나비가 날아갔다
4월의 능선 위에는 노루귀꽃 환한 길

언덕바지 수풀더미 숨겨 놓은 틈 사이로
길 있다고 그 길 따라 걸어가신 아버지
한식날 다녀온 뒤로 옅은 잠 속 꽃 진다

흐르던 물소리가 무논에서 출렁일 때
못자리엔 햇살이 수직으로 일어선다
무형의 선을 넘듯이 사월 밖에 서 있다

그 말 이후

암세포 전이되며
폐에 물이 찼다는 소문
한동안 소식 없던 전화 속 그녀의 말
"나중에 연락할게요" 나는 또 몸을 떤다

집주인 도망치고
자취방 쫓겨난 날
보따리 짐 머리에 이고
자기 집에 앞서 가던
십 년 전
고향 친구가 했던 말
"나중에 연락할게"

얼른 나아 밥 먹고 카페도 가자더니
산 건지 죽은 건지 의문을 키우는 날
넋 없이 처진 두 손이 이마를 또 누른다

너릿재를 넘으며

풀꽃들 귀엣말에 출렁이는 이십곡리
부러진 꽃대에선 그날이 풀려 나온다

꺾다가
잦아드는 숨
어느 날의 흐느낌일까

찢겨진 네 목소리 한 소절 맺지 못해도
귀 열어 길이 오고 저마다 길이 되고

우는 길
달래 보느라
걸음마다 피는 꽃들

*너릿재: 옛 지명은 판치(板峙)였다. 판치는 순우리말로 널재이다. 널재
  가 너릿재가 되었다. 역사적으로 가슴 아픈 사건을 많이 겪은 곳이다.

대원사에서

해질녘 주암 호수 등허리가 시뻘겋다

캐내고 태웠어도
돋아나는 쓰라림

애기야 저 꽃비 속에 네 얼굴이 보인다

명장의 탄생

장독에 메줏덩이 이른 봄 들썩인다
햇살 향해 얼굴 내밀어 눈인사 나눈다
코 끝에 꽃샘추위를 홍고추로 매달고

사각의 견고함이 손맛의 비법이라
메주꽃 피는 시간 숨 고르며 풀어내려
동백꽃 새색시에게 눈길 주지 않는다

금줄에 주문들이 오수에 졸고 있다
면치레 말치레 솟구침도 말랑해질 때
발효된 시집살이가 독을 차고 나온다

목넘어 길

비틀거린 여름 한낮 등짐 가득 채우고
비렁길 걸으며 갯바람에 몸 적신다
허기진 가슴팍으로 바닷물이 넘나들 듯

한 때 삶의 잔상이 액자로 걸려 있는
밤 밝힌 눈물로 물들여 덧칠하자
모여든 묵은 슬픔이 목울대에 잠겨온다

해종일 지친 바다 부대낀 잔돌밭에
흰 살빛 바위능선 끊길 듯 이어지면
한 됫박 달빛을 뿌려 오던 길을 밝힌다

*목넘어 길: 거문도 등대가는 길

소녀상, 2010

그 겨울 미루나무 끝, 낮달이 걸려 있다
찬 하늘 잔별이 설움으로 돋아나
첫사랑 징용 길에는 싸락눈이 휘날린다

수레바퀴 멈춘 자리 단풍잎이 떨고 있다
골 깊은 주름 사이로 선홍빛 눈물방울
구부린 등뼈에 박혀 거꾸로만 도는 시계

경술년 그날 이후 노루발로 달린 길목
백년 만의 폭설로 역장이 무너지는데
쑥국새 날아간 자리, 외떨어진 옷고름

하늘은 찢어질 듯 처마 밑에 우박 쏟고
99엔의 찬 동전이 땅바닥에 튕겨질 때
메말라 옹이진 가슴 탕관 속에 끓고 있다

빈집

– 매미

벽에 박힌 녹슨 대못

달뜬 가슴 또 열린다

그의 숨결 온기는

허물만 남았는데

허공을 끌어당기는

머룻빛 긴 땅 울음

애기단풍 앞에서

가슴 저린 이야기
헤아릴 수 없으니

저마다 손 흔드는
해맑은 슬픔이다

흰 손이 민망스러워
주머니에 감춘다

초암정원의 가을

가실 끝낸 예당평야 하고픈 말 넘치듯

어머님 가시던 날

여덟 살 어린 꼬마

얼마나 눈에 밟혔을까요 내 아래 두 동생들

보고 싶어 산소에서 버선발로 오실 길

잔디를 깔았지요

포근히 밟고 오세요

산다화 피는 날에는 옛이야기 나누세요

오봉산 칼바위는 달빛을 에워싸고

꿀잠 든 득량바다

알몸을 드러내지요

뒤돌아 가실 그 길에 허리 굽힌 반송들

묻어둔 그리움이 나무로 자랐지요

풀 뽑고 가지 치다

짓무르고 뒤틀린 날

햇살이 담금질하는 저 바다로 보내지요

*초암정원 : 전라남도 민간정원으로 보성군 득량면 오봉리 초암마을에
있다.

하얀 잔

기다림
늘 고프다
눈가
물그림 진다

물방울 속 자식들
언니와 친구
똑, 똑, 똑……

어머니
놓지 않는 손
물거품 한 잔이다

저, 언약

빛나게
키운 동백

가지 가득 꽃뿐일까

해지는
골목 끝에서

몇 날을 기다렸나

차갑게
꽃송이 진다

그 자리 또 아프다

군자란

잡초들 뽑지 말고
그대로 두어요
군자는 이름 없는
풀꽃이 키운다나
화분 안
주인 어르신
나를 보며 당부한다

넙죽이 엎드린 것들
듣기라도 한 걸까
우후죽순 일어나
실가지마다 꽃 피운다
잊다가
돌이켜보니
더 깊어진 사랑인 듯

제4부 / 회복기 /

개펄에 뒹굴다

등 돌린 밀물 끝
다시 찾은 바닷가

무대는 사라지고 기도는 지워졌다

물때에 숨 고르는 삶 집 밖으로 나온다

술래 잡는 걸음마다
모서리 없는 수렁이다

굽힌 척 수그리다 코 박고 엎어진다

개펄이 키운 몸뚱이 널배에 실려온다

겨울 낙죽

대쪽에 피는 매화
매운 숨 들이키고
빈속을 파고드는
칼바람에 맞선다

타버린
까만 하늘에
또렷이 뜬 별 하나

인두에 달군 유언
낙인의 발자국 따라
화로에 다독이며
마음 불씨 붙잡은 날

백학이
날개를 친다
일어서는 대숲길

회복기

나이로 모서리 진
가지에도 꽃눈 뜬다

꽃샘추위 매서운 맘
갈필로 풀어주는

봄바람
바삐 가더니
절문 앞에 앉아 있다

득음정 가는 길

입동 무렵 정거장
서릿바람 흘러든다

저 재를 굽이치다
거꾸러져 숨은 소리

마지막 네게로 가는
소실점을 찾는다

먼데서 온 신부

황사 길, 바람 따라
먼데서 온 연길 신부

키 작은 감나무 감꽃이 피던 날

우물가 입덧을 하고
감꽃처럼 웃었다

새살림 고단해도
젖은 눈에 영그는 꿈

휘어진 가지에선 감들이 익어가고

태어날 아기 옷들이
가을볕을 쬐고 있다

낙타몰이 인도 소년

눈감고 이빨 빠진 꾀부리는 낙타야
옆구리 맞을 테냐 가시나무 꺾는 소리
모래등 언덕 닳도록 어서 가자 짤, 짤, 짤*

어젯밤엔 별을 따서 주머니 그득했지요
당신이 팁을 주면 모두가 행복해져요
덩달아 휘파람 멀리 가시채찍이 날지요

*짤, 짤, 짤 chal, chal, chal(인도어) : 뜻은 가자, 가자, 가자.

바람의 집
− 산굼부리

하늘 향해 터진 함성
풀린 입술 묻었다

풍화된 가락들이 깃을 치는 억새밭

빈 가슴 소용돌이를
습관처럼 끌어안는다

찌질이 못난 바보
속울음 치며 오르내린

불 없는 분화구에 물이 오른 나무들

집 마당 산 하나 지우고
별을 불러 모은다

소리, 태어나다

고개 든 갈대밭에 밀물이 길을 낸다
목청 틔운 오리 떼가 강을 따라 오르고
줄줄이 뗏목 이어온 마음에 불이 붙어

사설 한 대목이 수리처럼 따라온다
홍교* 위 멈춘 바람 추임새 넣어주고
오던 길 돌아다보니 어느덧 완창이다

*홍교 : 전남 보성군 벌교읍에 있는 조선시대 아치교이다.
  보물 제304호이다.

흔들리는 소리

어둠 속에 들려오는 청아한 목소리
점점 멀어져 어디로 날아가나
갈대꽃 무성한 언덕 흔들리는 하얀 손

철길이 이어지고 철새들 오고가는
잊지 못할 북녘 고향 눈에 선해서
그리운 이름 부르며 꿈속에도 달려가네

갈 수 없어 흘린 눈물 강물 되어 흐른다면
평생의 내 기도가 꽃으로 핀다면
애끓는 그 강물 위에 피어나리 평화의 꽃

치자향이 나는 호수의 아침

산바람

이유 없이
수면 위 널브러져

뒤척인
밤의 수위
가슴까지 차오른다

누굴까

온 힘을 다해
이 아침을 여는 이

아잔타 석굴에서

아득한 천축국 상상력 쭉 끌어올려
읽다만 바람의 경 비행길을 나선다
저마다 불덩이 하나, 모래언덕에 부화시키고

속살 열어 보인 신전에 둘러앉는다
축축한 등줄기엔 토막 잠 흥건하고
손바닥 죽비소리가 내 목을 덜컥 문다

뒷골이 서늘해져 고개 들어 눈을 뜨니
방장 스님 부고 받은 동행 스님 엎드리신다
돌기둥 돌아나가는 바람 같은 얼굴 향해

인도는 내게

소들과 자동차, 낙타와 오토바이
다름이 공존하는 땅, 서로의 빛이 된다
무심코 혼잣말처럼 나마스테 손 흔든다

치열하게 살지 않아 부끄러운 내 삶인데
인도 소녀 마음속 커가는 코리안 드림
너와 나 함께 걸으며 주고받는 나마스테

소릿길에서

골골이 넘어가다
울음 쏟은 먹구름

혼잣말에 놓치다가
맞바람에 휘어진다

득음길
열 두 마당을
봇재 마루에 맺고 푼다

폭염

사드 배치 확정이란 긴급 속보 날아온다
달궈진 정보들이 자글자글 끓고 있다
빙그르 불똥이 튀자 삭발식에 늘어선 줄

뚜껑을 열고 보면 내 손만 데일까
거품을 걷어내면 잦아드는 냄비 국물
통일은 어디쯤 오나 씹을수록 짠맛이다

시詩 나무

못 박힌 철문 열어 날아간 새들처럼

별별의 춤사위로 꽃잎 날리는 봄

지친 달 어둠을 건너 가지 위에 누운다

견우직녀 진한 슬픔 물관을 관통하자

제풀에 피는 노래 입술 끝에 맴돈다

은하에 떠 있는 꽃잎 설핏 졸다 놓친 별

'그 말 이후'의 흔적들

이송희 | 시인, 문학박사

1.

　불교의 삼법인(三法印) 중 하나인 '제행무상(諸行無常)'은 우주의 모든 사물은 늘 돌고 변하여 한 모양으로 머물러 있지 않음을 설파한다. 또한 『주역(周易)』의 「계사전(繫辭傳)」에서는 '궁즉변 변즉통 통즉구(窮卽變 變卽通 通卽久)'라고 하여, 변화를 받아들이는 것을 살아남기 위한 필수요소로 언급하고 있다. 그러나 변화는 자신의 정체성을 끊임없이 갱신하는 고행苦行이 아닐 수 없다. 갓 태어난 아이는 '엄마의 자궁 속'과 다른 새로운 세계에 노출된다. 엄마의 자궁 속과 다른 '온도와 빛과 소리'에 노출된 아이는 울음을 터뜨린다. 뭇 생명은 탄생의 순간부터 고통을 평생의 친구로 삼는다. 결핍과 부재가 아니라면 우리는 처음부터 육신을 입고 태어나지도 않았을 테니까 말이다. 또한 삶은 그런 결핍과 부재를 채우기 위한 고통스러운 갈증과 열망으로 점철된다. 그러한 삶을 통해 우리는 결국 '궁극적인 실상'으로서 자기 자신을 각성하게 된다.

　김화정 시인이 이번에 펴낸 『그 말 이후』는 그녀가 등단 10년이 지나서야 선보이는 첫 시조집이다. 시인은 이번 시집에서 뭇 생명들이 나름의 성장통을 밟고 일어서는 모습에 자신의 삶을 오버랩하며 성찰의 사유를 펼친다. 그녀는 '스스로를 채찍질하며 힘겹게 페달을 밟아가는 삶'의 흔적을 과거에 두지 않고 곧잘 현재로 데려온다. 가난하고 힘들지만 이러한 시간들이 지금의 '나'를 이끄는 동력이라고 믿기 때문이다. 또한 그녀는 「개펄에 뒹굴다」와 「목넘어 길」 등의 시편을 통해 바다를 삶의 터전으로 살아가는 사람들의 목숨 건 생존담을 섬세하게 풀어내기도 한다. 김화정 시인은 이들의 삶을 들춤으로써 단순한 자기반성이 아닌 내적 체험을 통한 자아 성찰을 유도한다. 그리고 냉엄한 분단의 현실과 평화통일에 대한 염원, 일제 강점기가 남긴 아픈 역사, 무수한 민중들의 희생을 노래한 시편들을 통해 민족의 상흔을 보듬는다. 이 외에도 인도 여행길에서 만난 몇 편의 시들을 포함한다면 김화정 시인이 펼쳐 놓은 서정 세계는 넓고도 다양하다고 볼 수 있다. 그러나 그것은 개별성으로 존재하는 정서가 아니라 공동체적 슬픔이며 그리움이며 사랑으로 다가온다. 시인은 이 다채로운 장면들을 마주하면서도 시적 대상과 거리를 유지하려고 노력한다. 섣불리 감정에 함몰되지 않으면서 '나'만의 이야기가 아닌 우리의 이야기라는 인식으로, 소통하고 공유하는 시간을 확보하기 위한 전략이 아닐까 한다.

　김화정 시인은 '그 말 이후' 남은 문장들을 되짚어 가며 곱씹는다. 그 말 이후 누군가는 후회를 하고, 또 누군가는 아쉬움에 미련을 품을 것이며, 또 그 말을 끝으로 영영 만날 수 없는 이들도 있을 것이다. 김 시인은 시인의 말에서도 "오지 않을 너를 기다리며" 차를 따른다고 말한다. 오지 않을 '너' 이기에 기다림과 그리움은 더 간절해지고 고백은 더 깊어지는 것일까? 온전히 혼자만의 시간 속에서 시인은 '그 말 이후' 오지 않은 '너'를 생각한다. 말은 참요(예언)나 친교(정서 표현), 의사 표현, 정보 전달 등의 다양한 기능을 수행하며 자기를 드러내는 수단이 된다. 우리는 말을 통해 상대와 관계를 맺기도 하고, 등을 돌리기도 한다. 말에 관한 속담이 즐비한 까닭도 말 한마디의 의미와 여운이 크다는 걸 증명한다. 그런 의미에서 시집 제목인

'그 말 이후'는 삶과 죽음의 경계에 놓인 의미를 품는다. 김화정 시인은 '그 말'이 무엇이었느냐에 집착하기보다 '그 말 이후'의 삶과 '그 말 이전'의 삶에 집중하는 듯하다.

2.

그림자 차밭에 묶고
새처럼 바람을 탄다

한 소절 녹빛 햇살
붓질하는 입맞춤

사월의
소맷자락에
접신한 듯 퍼진다

　　　　　－「차밭의 왈츠」 전문

왈츠는 무곡舞曲으로 4분의 3박자의 경쾌한 춤곡을 말한다. 남녀가 한 쌍이 되어 원을 그리며 추는 춤으로 가장 분위기 있는 스탠더드댄스라고 한다. 찻잎이 바람에 흔들리면 찻잎의 그림자도 바람 따라 흔들리는데 시적 주체는 이 모양을 마치 왈츠를 추는 형상으로 은유한다. 햇살이 비치는 배경 아래 찻잎이 너울거리는 모습을 시각적으로 형상화한 작품이다. 이 평화롭고 아름다운 이미지는 모든 감각이 살아 있음을 보여준다. "새처럼 바람을 타"는 모습과 "한 소절 녹빛 햇살", "붓질하는 입맞춤"과 "접신한 듯 펴"지는 이미지 등은 생동감을 불러일으키는 역할을 한다. 이미지는 생명체를 감각적으로 살아 있게 해 주는 요소다. 이러한 감각적 이미지가 없으면 삶은 죽은 것이나 다름없다. 김화정 시인의 존재에 대한 인식은 살아 있음에 대한 지각에서 출발한다. 이러한 인식은 살아 있는 자신에 대한 발견으로 이어지기도 한다.

햇차가 그리운 날 여유당에 들어선다
뜰의 매화 피지 않은 골 패인 마루 끝
햇살이 불을 지피며 자리를 권한다

뒤꼍에 참솔나무 그의 서책 펼치는데
입을 연 활자들 새떼처럼 날아간다
끝없이 잡으려 해도 닿을 수 없는 그곳

노을 진 내 치마에 핏빛 시를 쓰리라
발부리 촛불 들고 더듬어간 나의 초당

흙벽에 닿은 촉수로 실금 긋는 매화가지

— 「내 안의 하피첩」 전문

　시적 주체는 아직 "뜰의 매화 피지 않은 골패인 마루 끝"에 앉아 봄을 기다리며 여유당에 들어선다. 그리고 다산 정약용이 두 아들에게 전하는 당부의 글이 담긴 서첩, 하피첩을 읽는다. 이 책은 강진 유배시절, 정약용의 아내 홍씨 부인이 바래고 해진 치맛감 여러 폭을 붙여 온 것을 잘라서 두 아들에게 교훈이 될 만한 구절을 직접 짓고 써 준 것이다. 지금으로부터 210년 전 순조 때의 이야기다. 하피첩은 노을빛 치마로 만든 소책자다. 아내가 유배지로 갈 수가 없으니 끝없이 닿을 수 없는 그곳은 그리울 수밖에 없다. 7년 동안 헤어져 있으면서 '살아생전 만날 수 없겠지요'라고 묻던 이별의 정한이 담긴 편지를 떠올리게 한다. "노을 진 내 치마에 핏빛 시를 쓰리라"는 대목에서처럼 핏빛은 더할 나위 없는 고통과 아픔, 속 타는 마음을 표현한 듯하다. 아내는 하피에 봄의 희망을 전하는 '매화와 새'도 함께 새겨 넣었다. 순결과 절개의 상징으로 봄소식을 알리는 매화는 내가 당신을 변치 않은 마음으로 기다리고 있다는 것을 보여준다. 초당이 홀로 지내는 장소를 표상한다면, 매화가지는 그리움의 표현 아닐까? '내 안의 하피첩'은 시적 주체로 하여

금 애타게 기다리던 그리운 대상이 있었다는 것으로
보인다. 잊히지 않아 그리운 대상으로서, 만나지 못한
자신의 모습이 아니었을까.

3.

암세포 전이되며
폐에 물이 찼다는 소문
한동안 소식 없던 전화 속 그녀의 말
"나중에 연락할게요" 나는 또 몸을 떤다

집주인 도망치고
자취방 쫓겨난 날
보따리 짐 머리에 이고
자기 집에 앞서가던
십 년 전
고향 친구가 했던 말
"나중에 연락할게"

얼른 나아 밥 먹고 카페도 가자더니
산 건지 죽은 건지 의문을 키우는 날

넋 없이 쳐진 두 손이 이마를 또 누른다

―「그 말 이후」 전문

우리는 태어날 때부터 자신의 죽음을 준비하고 왔
다는 말이 있다. 그런데 살면서 그것을 잊어버리곤 한
다. 내 인생의 과업이 명확히 정해져 있지는 않지만,
과업을 완수하게 되면 기꺼이 떠나겠다는 마음으로
죽음을 맞이하겠다는 것이다. 분명 어떻게 죽는가가
중요하다. 마지막 떠나는 모습이 아름다워야 살아온
삶이 아름답게 된다. 이제 더 이상 인생을 새롭게 만
들 수 있는 기회가 없다. 노인들을 대상으로 인터뷰한
칼 필레머의 『내가 알고 있는 걸 당신도 알게 된다면』
에 의하면 '인생의 현자(노인)'들은 죽음을 앞두고서,
'왜 더 사랑하지 못했을까, 왜 계속 분노하면서 용서
하지 않았을까, 더 많이 베풀고 즐겁게 웃으면서 보내
지 못했을까'를 후회한다고 한다. 후회하지 않을 인생
을 살려면, 자신으로부터 시작하여 주변 사람이 더 행
복하고 평안해질 수 있도록 더불어 노력하며 살아야
한다. 표제작이기도 한 이 시에는 "나중에 연락할게
요"라는 말을 남기며 영원히 돌아오지 못한 그녀가 등
장한다. 암세포가 전이되며 폐에 물이 찼다는 소문이
즐비하다. "집주인 도망치고/ 자취방 쫓겨난 날", "보
따리 짐 머리에 이고/ 십 년 전/ 고향 친구가 했던 말"

도 "나중에 연락할게"였다. '그 말 이후' 시적 주체는 그 시간을 곱씹으며 아픔과 슬픔, 고통스러운 순간마저도 품는다. 이 시를 통해 우리는 스스로가 뱉는 이 말이 마지막이 될 수도 있다는 책임감으로 삶을 가꾸어 가야 한다는 것을 되새겨 볼 수 있다.

> 배꽃 핀 나무가 산역 마친 일꾼 같다
> 하늘 닿는 길 사이로 나비가 날아갔다
> 4월의 능선 위에는 노루귀꽃 환한 길
>
> 언덕바지 수풀더미 숨겨 놓은 틈 사이로
> 길 있다고 그 길 따라 걸어가신 아버지
> 한식날 다녀온 뒤로 옅은 잠 속 꽃 진다
>
> 흐르던 물소리가 무논에서 출렁일 때
> 못자리엔 햇살이 수직으로 일어선다
> 무형의 선 넘어선 듯 사월 밖에 서 있다
>
> — 「경계에서」 전문

첫째 수 종장에는 숫자 '4월'로, 둘째 수 종장에는 한글 '사월'로 표기함으로써 '경계'에 대한 중의적 의미를 드러내기 위한 시인의 의도를 엿볼 수 있는 시다. 사월을 동음이의어로 써서 죽음의 달, '죽어 넘어가다(死越)'는 의미로 해석하게 한다. 꽃피는 춘삼월(음력 3월)이라 해서 양력 4월은 생명력이 가장 크게 꿈틀대는 계절이다. 그런데 그 경계 밖에 넘어가 있다는 것은 생의 기운이 없고 활기가 없다는 것을 의미한다. "언덕바지 수풀더미 숨겨 놓은 틈 사이로/ 길 있다고 그 길 따라" 아버지가 돌아가신 것이다. 밭일 논일 하시면서 일생을 열심히 가꾼 아버지가 올해 4월에는 안 계신다. 보통 모내기를 하는 계절이 4월이기에 유독 아버지에 대한 그리움은 커질 수밖에 없다. 시적 주체에게 회상은 고통스럽고 고달프고 슬픈 시간이지만 그것을 자꾸만 현재로 데려오는 이유는 여전히 그 시간으로 인해 오늘의 내가 있다는 것을 증명할 수 있기 때문이다. 김화정 시인의 시에 등장하는 죽음의 이미지는 어떻게 살아가야 할 것인가에 대한 실존적 물음을 동반하며 자기 각성으로 이어진다. 그것은 우리가 어떻게 살아왔는가에 대한 반성의 다른 방식이다.

4.

보일 듯 아련하다,
고향 집 뒤란에선

돌담을 치고 가는 풀꽃의 성장통

날 밝혀 눈 뜬 골무꽃 손에 맺힌 핏자국

저 홀로 이는 바람
서쪽에서 돌아올 때

생애를 길 더듬어 꿰매가는 바늘귀

보랏빛 손가락 들어 고깔 끈을 끊는다

－「접사接寫」 전문

접사는 붙을 접(接)과 베낄 사(寫)가 합성된 낱말
로, 아주 근접한 거리에서 무언가를 찍어내는 것을 말
한다. 사진을 찍든, 그림을 그리든 그 대상을 가까이
에 두는 것이다. 시적 주체는 "고향 집 뒤란에" 핀 "풀
꽃의 성장통"을 클로즈업하며 자신의 성장통을 환기
한다. 풀꽃은 바람에 흔들리고 때로는 밟히기도 하면
서 자라는 성장통이 있다. "흔들리지 않고 피는 꽃이
어디 있으랴"고 했던 도종환 시인의 비유처럼 풀꽃에
는 성장통과 강한 생명력이 공존한다. 풀꽃의 성장통
은 "날 밝혀 눈 뜬 골무꽃 손에 맺힌 핏자국"으로 이어
지며, 시적 주체의 고생스러웠던 과거와 오버랩된다.

고향은 시적 주체의 뿌리이며 그가 자란 곳이기에, 고향 집 뒤란 풀꽃을 보면서 고달픈 성장 서사의 한 부분을 데려올 수 있는 것이다. 뭇 생명체는 그 어떤 예외도 없이 태어나서 죽는 그 순간까지 고통 속에 산다. 달리 말해, 고통 속에서 강한 삶의 욕구를 품는 것이다. 그래서 고통은 생명체의 성장과 발전을 가져올 수 있다. 아니러니하지만 고통이 사라졌다는 건 삶이 끝나는 것을 의미한다. 주체는 고통의 시간을 떠올리며, "저 홀로 이는 바람"이 "서쪽에서 돌아올 때", 한 생을 "길 더듬어" 한 땀 한 땀 꿰매간다.

뙤약볕 머리에 이고 긴 강둑 가 닿은 곳
문 차고 나간 것들 귀가 못한 소식들이
며칠째 강 언저리에 맴돌고 있었다

고모의 자퇴서와 아버지의 깡 소주병
폭염에도 돋아나는 꽈리 같은 그게 뭔지
물어도 대답 없는데 반짝일 뿐 알 수 없다

땡볕의 뭇매질로 부풀어 오른 흰 구름
목마른 자갈밭에 내 유년을 묻는다
떠나간 말들이 모여 소나기로 툭 터진다

— 「여름 강가에서」 전문

떠나간 말들은 이미 강물 따라 흘러내려 돌아오지 않는다. 말이나 유년 시절은 흐르는 강물처럼 바다로 떠내려가고, 이는 다시 구름이 되었다가 소나기로 내리기를 반복하며 순환한다. 시적 주체는 물의 순환을 통해 지난 시간을 회상한다. "문 차고 나간 것들 귀가 못한 소식들"이 아직도 "며칠째 강 언저리에 맴돌고 있"다. 고모는 자퇴, 아버지가 깡 소주를 마셨다는 것은 삶이 팍팍하고 힘들었다는 것인데, 여기에 '뙤약볕'과 '목마른 자갈밭' 이미지가 더해지면서 고달픈 삶의 흔적이 도드라진다. 하지만 다행스럽게도 이 시는 열기를 식혀주고 대지를 촉촉하게 적셔주는 '소나기'가 내린다는 전개로 마무리되면서 삶의 희망을 드러낸다. 시적 주체의 유년에는 "소반 위에 쌀과 미역 올리고/ 명 길고 귀 타라고 손 모아 빌었"(「갓밝이」)던 어머니의 사랑이 있다. 새벽 동이 틀 무렵, 자식들 건강하게 오래 살기를 바라고 귀한 사람이 되길 바라며 빌었던 우리의 어머니들이 앉아 있다. "한때 삶의 잔상이 액자로 걸려 있는/ 밤 밝힌 눈물로 물들여 덧칠하자/ 모여든 묵은 슬픔이 목울대에 잠겨"(「목넘어 길」)오는 뱃사람들의 고단함도 품고 삭혀야 할 삶의 몫이 아닐까.

5.

そ 겨울 미루나무 끝, 낮달이 걸려 있다
찬 하늘 잔별이 설움으로 돋아나
첫사랑 징용 길에는 싸락눈이 휘날린다

수레바퀴 멈춘 자리 단풍잎이 떨고 있다
골 깊은 주름 사이로 선홍빛 눈물방울
구부린 등뼈에 박혀 거꾸로만 도는 시계

경술년 그날 이후 노루발로 달린 길목
백 년만의 폭설로 억장이 무너지는데
쑥국새 날아간 자리, 외떨어진 옷고름

하늘은 찢어질 듯 처마 밑에 우박 쏟고
99엔의 찬 동전이 땅바닥에 튕겨질 때
메말라 옹이진 가슴 탕관 속에 끓고 있다

― 「소녀상, 2010」 전문

낮달은 분명히 있지만 존재감이 잘 드러나지 않는 존재다. 잊힌 존재, 가려진 존재 같은 느낌이 있다. 우리는 1910년 8월 29일, 경술년에 나라를 일제에 빼앗겼다. 일본이 한국을 완전히 집어삼켜 식민지화한 것이다. 강제로 병탄하여 국권을 빼앗았다. "거꾸로만 도는 시계"처럼 하나도 나아진 것 없이 시간은 과거로만 간다. 일본은 사죄도 반성도 하지 않고 오히려 강제 징용이 없었다고 입장문을 내놓는다. "수레바퀴가 멈춘" 건 역사가 앞으로 나아가지 못했다는 이야기가 된다. 위안부 할머니들은 제대로 사죄받지도 못했으며 여전히 일본은 반성하지도 않는 등 진정한 과거사 청산이 전혀 이뤄지지 않았다. 적은 돈을 배상했다는 것은 정당하게 보상하지 않았다는 걸 의미한다. 일본 정부가 2010년 강제 동원 피해자에게 후생 연금 99엔, 한화로 약 1,300원 지급을 결정하자, 이에 분노한 강제 동원 피해자들은 대법원에 제소해 대법원 승소 판결도 받아낸 바 있다. 일제 강점기 강제 동원된 피해 생존자는 2011년 17,148명이었는데 2021년에 2,400명으로 줄었다. 15,000명 가까이가 이미 돌아가셨다. 일본은 빨리 시간이 흘러가기를 바라는 것이다. 일본 정부가 2009년 일제 강점기 강제 동원 피해자인 양금덕 할머니에게 지급한 돈이 99엔이다. 이 돈은 양 할머니가 일본의 강요에 의해 동원되었을 당시 급여에서 떼인 돈으로 후생 연금의 탈퇴 수당이다. 물가 상승분을 고려하지 않고 당시 계산대로만 지급한 것이라 한다. 여전히 "메말라 옹이진 가슴 탕관 속에 끓고 있"는 까닭이다.

사드 배치 확정이란 긴급 속보 날아온다

달궈진 정보들이 자글자글 끓고 있다

빙그르 불똥이 튀자 삭발식에 늘어선 줄

뚜껑을 열고 보면 내 손만 데일까

거품을 걷어내면 잦아드는 냄비 국물

통일은 어디쯤 오나 씹을수록 짠맛이다

－「폭염」 전문

　폭염暴炎은 거칠고 사납다는 의미의 '폭暴'과 불꽃을 가리키는 '염炎'의 합성으로 사납고 거친 불꽃을 의미한다. 지금의 남·북한은 화해, 평화, 협력의 분위기는 사라지고 불신과 반목의 분위기가 조성되고 있다. 북한은 연일 미사일을 쏘아대며, 무력시위를 하고 있고, 남한은 미군의 사드(THAAD) 배치를 수용하면서, 만약의 사태를 대비하고 있다. 사드는 발사된 고고도 광역 미사일을 격추시켜 한반도를 미사일 위협으로부터 방어하겠다는 목적을 가지고 있다. 그러나 우리나라에는 미군의 사드(THAAD)가 굳이 필요하지 않다. 우리나라는 자주적인 국가방어 시스템을 구축하였고, 더군다나 사드는 미군의 군사시설로써 우리의 자주적인 국가방어 시스템과는 별개로 운영된다. 이 시는 남한이 국가방어에 관련하여 미국에 이토록

굴종적으로 끌려다니는 것에 대해 속이 부글부글 끓는다는 것을 폭염에 빗대어 표현하였다. 사드 배치를 반대하는 목소리는 높아지고 삭발식은 줄을 잇고 그 속은 폭염 속에 부글부글 타들어 간다. "뚜껑을 열고 보면 내 손만 데일까" 싶어 펄펄 끓는 냄비 속 "거품을 걷어내" 본다. "통일은 어디쯤 오나 씹을수록 짠맛"이라는 마지막 수 종장에는 이 시의 주제가 또렷하게 들어 있다. 사드 배치 문제의 심각성과 국민들의 반대 여론, 분단의 슬픔과 통일 염원의 목소리가 복합적으로 담긴 사회시로서 의미가 있다. 「흔들리는 소리」에서도 이와 같은 통일 염원의 사유가 펼쳐진다. "철길이 이어지고 철새들 오고 가는/ 잊지 못할 북녘 고향 눈에 선해서" 시적 주체는 "그리운 이름 부르며 꿈속에도 달려가"는데, 전쟁과 분단의 상흔을 안고 있는 오늘의 한반도는 여전히 아프다. 남북한 철길을 다시 잇는 사업을 했었지만 기차가 다시 달릴 수 있을지는 장담할 수 없다. 기찻길은 그동안 단절되어 살아온 길을 이어주는 상징이며, 소통이고 연결이고 시작이라는 의미가 있다. 그런데 우리는 그 희망의 경계 밖에 놓여 있다. 우리가 늘 '폭염'과 '추위'를 맞닥뜨리며 방황과 갈등을 반복하고 있는 이유일 것이다.

시간이 비껴간 섬
화석으로 갇혀 있다

쏟아지는 별빛은
그리움에 눌렸을까

세상은 멈추지 않아
술 취한 바다의 말

양말을 벗기자
서늘한 하얀 맨발

울며 떠난 꿈속에서
옷 한 벌 못 입히고

바다는 한발 앞선다
붉은 덧신 노을 입고

－「겨울 섬을 읽다」 전문

　　겨울은 움직임이 사라진 계절이라 한다. 섬 또한
고립된 공간인데 "화석으로 갇혀 있다"고 했으니 더
강한 단절과 고립감을 느끼게 한다. 세상은 멈추지 않
고 바다처럼 계속해서 출렁인다. 이렇게 세상은 옛 모

습을 잃고 변화하고 있는데 시적 주체는 마치 자신만 멈춰 있는 느낌을 받는다. 바다가 말을 걸지만 이미 시간이 비껴가 있기에 의미가 없다. 섬에 빗대서 고립되어 막막한 순간에 직면한 자신의 정서를 표현한 듯하다. 아이러니하게도 섬은 사방이 열려 있지만 닫혀 있는 공간이다. '겨울' 역시 모든 것이 잠들어 있고, 저장되어 있는 계절이다. 그래서 멈춰진 시간을 영어로 '얼어버린 순간(Frozen Second)'이라고 표현한다. 움직임이 없는 순간이며 시간이 멈춰 있는 순간이다. 여전히 바다는 섬을 자꾸 어루만진다. 이러한 고립과 단절감을 극복할(잊게 할) 수 있는 소통의 방식이 아닐까?

6.

허물 벗는 저 뱀, 울음이 없나 보다
빛깔이 변해가는
소리만 들릴 뿐

통점을
따라 내려와 투명해진 그물 옷

나도 어느 사이 허물을 벗고 있다

속속들이 파고들어

긴 자락 끌어와도

끝내는

지우고 덮고 퍼덕이다 남은 흔적

– 「허물벗기」 전문

뱀이 허물 벗는 과정을 보면서 시적 주체 역시 허물을 벗는다. '허물'이란 말에는 긍정적인 의미보다 쓸모없어진 물건이나 비난, 비판의 대상이 되는 과오나 실수 같은 것 등의 부정적인 의미가 있다. 남의 입방아에 오르기 쉬운, 일종의 비판 받기 쉬운 그런 과오와 실수, 부도덕성이 허물에 해당한다. 뱀은 "빛깔이 변해가는/ 소리만" 날 뿐 울지 않는다. 스스로 허물을 벗는 행위는 지난 과오나 상처를 떨쳐 내려는 것인데, 그 과정에서 참회나 철저한 반성이 전혀 없다는 의미인 듯하다. "통점을/ 따라 내려와 투명해진 그물 옷"으로 묘사된 것처럼 뱀 허물은 반투명하고 희끄무레해서 아프지만 울음이 없다. 소리가 나지만 울음은 아니다. "지우고 덮고 파닥이"던 몸부림은 어떻게든 떨쳐 내려고 했던 허물인데 한동안은 붙어 있던 흔적을 표현한 대목이다. "나도 어느 사이 허물을 벗"는 것으로, 시적 주체 역시 지난날의 실수를 멀리 떠나보내려 한다. 마치 내 것이 아니었던 것처럼, 이에 대한 죄책감이나 두려움으로부터 해방되고자 하는 마음에서일 것이다.

> 잡초들 뽑지 말고
> 그대로 두어요
> 군자는 이름 없는
> 풀꽃이 키운다나
> 화분 안
> 주인 어르신
> 나를 보며 당부한다
>
> 넙죽이 엎드린 것들
> 듣기라도 한 걸까
> 우후죽순 일어나
> 실가지마다 꽃 피운다
> 잊다가
> 돌이켜보니
> 더 깊어진 사랑인 듯
> ─「군자란」 전문

성인(聖人)은 도교에서 이상적으로 이야기하는 인

간상이고 군자(君子)는 유교에서 행실이 점잖고 어질며 덕과 학식이 뛰어난 이상적인 인간상을 말한다. 군자란은 수선화과의 여러해살이 화초다. '군자란'이라는 명사형으로 혹은 "군자란?"처럼 '군자'에 대한 의미를 묻는 의문의 형식으로 읽히게 하면서 이러한 이중성을 활용하여 진정성 있는 삶의 의미를 찾게 한다. 주인은 화분에 군자란을 키우면서 잡초를 뽑지 말라고 당부한다. 잡초도 '나'와 함께 클 것이기 때문이다. "군자는 이름 없는/ 풀꽃이 키"운다. 학대받고 짓밟히는 민중들의 희생이 있어 '국가'는 존재한다. 어떤 것이든 홀로 성장하는 것은 없다. 더불어 사는 미덕을 실천할 때 우리 모두가 존재한다는 상생의 미학을 일깨운다. 김화정 시인의 시가 슬프고 아프지만 아름다운 이유는 공생과 상생을 통해 자신의 존재감이 증명된다는 것을 시적 체험으로 보여주고 있기 때문이다. "빛나게/ 키운 동백// 가지 가득 꽃뿐일까". "차갑게/ 꽃송이"지면 "그 자리 또"(「저, 언약」) 아픈 법이다. 우리가 살아가는 이유는 이렇게 고통스러운 순간을 늘 되새기고 있기 때문이다.

아꿈시선 01

그 말 이후

—

초판 1쇄 인쇄 2022년 8월 3일
초판 1쇄 발행 2022년 8월 10일

—

지은이 김화정
펴낸이 임성규
펴낸곳 아꿈

—

출판등록 2020년 12월 23일 제363-2020-000015호
주   소   62357 광주광역시 광산구 월곡산정로 20-49 101동 106호
전자우편 a-dream-book@naver.com

—

—

ISBN 979-11-973253-6-6 03810

이 책은 광주광역시 GWANGJU CITY 光 광주문화재단 Gwangju Cultural Foundation 의 지역문화예술육성지원사업으로
지원받아 발간되었습니다.